# 有の光芒

笹本淙太郎

思潮社

# 有の光芒

笹本淙太郎

目次

I

装幀＝思潮社装幀室

# I

# 少年

少年が投げかける眼差しの奥処に
眠れる額に　輝ける頰に
典雅にして晴れやかな意識を湛え
秘めやかな紺青の海原盛り上がるほどに
目覚める有意の海峡は波頭翩々と
狭霧掻き分けてゆく晴朗の朝
誰かと囁けば誘惑の甘き香気立って
若き水際に抱かれた青き潮鳴り
ざわめく生の魅惑　屹立してゆく意志を
小休みなく揺する思念に先駆けて
少年の脳髄の水際に小波さざめいてゆく

鎮まれる真昼には蒼茫と
憬れ煌く金波銀波を奏でていた

一文字に結ばれた口唇は
鋳込まれた鋼鉄《はがね》の意志を孕む
暁の海に揺曳する薄紅色の刳舟だった

如何なる想い　如何なる事象にも
一目《いちもく》の涼やかな眉目は
いつも有《う》と時の千尋を指し示し
広漠の天地を尋ねるその瞬きさえ
まだ知らぬ世紀を見据えていた
真昼の耀き見る眼差し捉える心地して
オルフェウスが奏でる竪琴の壮麗なる音《ね》を聞いた

海原へ明日へと掲げられた希求の満帆

開闢を見霽かす地平近い花園の陸《おか》に
花盛りの雨後の爛漫こそは
揺籃に渦巻いている明日の栄ある闇であり
帆を満たし漕ぎ出す毅然の力学である

少年の悟性閃く眼窩の奥処
冷静の脳髄から迸しる一滴は
限りない情熱の思弁彩る言の葉を秘めて
眩ゆい日輪が洽くしなやかな抱擁に
無窮の微笑みを垣間見ていた。

# 有《う》の光芒

天に星々が花開き
豪奢に降り濺いでゆくと
陽の光に希い膨らむ大地にも
目覚める種子ら天地の恵みに芽吹き
新しいいのち花咲かせるが
めぐり来る有の光芒は
常ならぬ世に閃き渡る稲妻の
掠め去るすべての倣い
いつかの日、手沢の書冊を繙けば
歴日の揺々は初花の憧れと冬枯れに埋もれる幻影の如し
あらゆる現存在は

開かれた日乗の真新しい一葉に記されて
きょうもまた永遠なるきょうである
明けやらぬ霧深い朝に
新しい実存の蕾が目覚めて
結実し撓みやがて熟してゆくまでは。

# 鈴

重九にはいまもなお冷めやらぬ
せみしぐれふる山里は
釉薬と文目に抱かれた鈴ひとつ
吹く秋風の掌中で微かに転び
凛としてそよいだ

耳傾けて
ひとり聴く秋の
天にとどかんその聲は
すがた清《さや》けし
さざめき明かす手弱女が

語部の言問うて
すずやかに待っている相聞である

円なる小さな海に潮は満ち
真玉なす冷たさと膨らみゆえの繭玉は
そんな愁いの花筐
輝く大地の懐より生まれ出た

『はこぶあきかぜよ
まちわたる　ことのはの絶へぬるを
堪えなんとても　なほあわれなむ
たちわかる　のちのおもひをかさぬれば
かへりくるのはさざなみの
ふく　かぜのこえのみ』

颪の気配も

鈍色の万象も
遍く静寂さえも
あめつちに抱かれて
耀う夕映えは頬に
涼風が運びゆくその聲は
薄闇せまる幽谷に
りんりんと谺してゆく。

# 岸辺

遅き日の黄昏の海にむかうと
そこは我が岸辺に近く
悠遠を湛えてなお紺青深く
太古を秘めた水底から
新しい波が生まれ
寄せては返すしき波は
心底深く浸して来る
終わりのない鼓動
我が岸辺を洗う

千載の枕辺に

打ち続く鼓動たかまって
盛り上がり枝垂れ散る波々
打ち返す如何なる言葉も泡沫《うたかた》も
うねりの随《まにま》に浮かびつつ
寄せては返す万遍に
眠りは遙か百歳《ももとせ》の
浮寝の床に漂っていくだけ
どこまでも風光浮き沈み
たなびき聞く潮騒と
飛び違う水鳥の羽音は過ぎり
生い茂る葦草は緩やかな波間にそよぐ
遠く蘆刈びとを打ち眺めつつ
うつつなるかは戯れに
縺れよろめく生の実存
幾万遍の淵を巡って再び還る
何時かは鎮めるこの岸辺

時が来て額《ぬか》を上げれば
穏かに洗う足許
実存の生なおはかりがたく
幽潭のうつつに流れ去って
永遠の岸辺となる
有と時の光芒
間断ない後顧の憂いは
ずっと前からここにある。

# 吹雪

ひとひら　ひとひら
悔恨の風姿で散ってゆくものがある
花びらは舞い散るかたち
骸のまま　吹かれ舞い散るかたち
八千たびにきょうのあしたを散り染める
すがたいとしめやかに
去此《こし》遠からぬさいはてにむかって
熾んにふぶいてゆくものがある
花びらは舞い散るかたち
骸のまま　彼岸ともなるためのすがた

天籟冴え渡るこの真昼
燦爛としてまた濟焉に
あえかになだれてゆくものがある
すがたあるもののきょうの日は
花散らせゆくあしたにも
空蟬はつれづれの
吹かれ舞い散るは誰が身空

なぞえに過ぎる夜風にも
花びらは舞い散るかたち
宵の瀬に浮かぶ風姿を打ち染めて
のまれゆくすがたさいはて
吹かれ、流れて、舞い消えて
遠く涯しなくふぶいてゆくものがある

だが　ほんのわずか

ふぶきなだれる生の渇きに
しぶきやまない悔恨に
躓いた下肢が　不意に佇むとき
身内ふかくで揺れながら
しめやかに
しめやかにふぶいてゆくものがある。

# 火

加速度的従容を鎧い
粛然と起ちあがる炎
漆黒の夜にむかって烈しく燃えあがる
茫々の闇中にあやなくゆれて
劫火へ誘い入れた灼々の花々
灰燼へと加速する沈黙の永遠なる序走

閃光迸るその火は
真夏の夜の中天を掠め去る熾烈の花弁
晦冥の汀でこそ活々と跳梁する
唐紅の花芯弾けて
一気呵成に花開かせる

熾んな花冠戴いて爛熟が滾り
暁に餓え、崩落にむかってしばし瞬く

自《おの》が身の果てるまで
従容と激越が馳せる
千仞へと割け入らん、番えられた嚆矢
引き絞られた気焔の鏃である
籠めた矢柄に恃まざれば
ひたすら斜陽へとむかう、その暁に
無念は極まることとなる

黝い狭間は
未だ時劫浅く
促々と、また緩々と
烟り揺らめいているはや瀬に
自が身を洗い尽くしてゆく。

# 塔

次々に雲と風が流れ
聖堂は静臥して地平に微睡む
たちあがる伽藍の思想から
顕現する尖鋭なる意思
塔はいま
中天の紺碧なる垂直圏を天翔る

幾百の時を孕み
人らは磁場に集う
楽の音は粛々と大地を這い
射し入る極彩を背に

晴れやかな恩寵はそよと囁きかける
生まれ来る荘厳の波々が満ち溢れ
ひとしきり安寧の海原に漂う
伽藍の意思は信頼の海のただなかに――

だが、そこに成る信頼は
輝ける自意識織りなす幾許かの気配
試された気色がためらう海市であり
幻惑寄せ来る小波である
既に恭しい帳は雲のまにまに掻き消えて
靄となり霞となり霧となる
見失った淡い契約である

上へ上へと、空に、天に
信頼の波間を縫ってささめき昇る
塔はいま、高揚の海にひたすら洋々とする

だが、独り起ち上がる自意識の胚胎なれば
仮託の何物にもひれ伏すものではなく
何物であってももう取り縋ることはない
人はみな
駆け上がる階《きざはし》に向かって歩一歩
一途に泡立ち昇ってゆくさざれ波。

# その澪標

日の下の落花の水面は
黄昏迫る仮寝の仮居
叢生する水草に寄り添って
花片は散り敷く舟　無数の小さな舟
いま、ひと棹の澪標《しめ》は波間に揺れて
尽《すが》れる小さな艀から
艫からしずかに解き放たれる

小波が夕闇を曳いて
たそがれてゆくひとつの記憶
身を尽くし歳月は幾重にも

運び去るその行方
花片散り敷いて
流離うは小さな舟　無数の小さな舟
水《みな》の面《も》に躊躇《ためら》って
のまれ消え去る今日の渇求
一勺《いっしゃく》の光閃、波間に悶えて水底《みな》に死す

落日の水際
暫しねぐらでは諍いの風が生まれ
浮き寝に騒ぐ雁が音の
羽音聴く仮庵も
夕べ吹く小風にも
波路から波路へと運ぶ
仮庵は転々と
投錨は艀に
佇まうは草屋

遠ざかる夜々の星々
遠ざかる水脈の果てに。

## 春の雨

降りしきる驟雨も
山野に途絶え
葉先から春の雨が滴り落ちる
明日への意志と盟約と
また廻り来る春に
天地はやがて豊穣をかき抱き
峰々に陽光溢れ、輝き咲き出でる

廻る春の息吹の中で
人はと言えば——
つねに宿存の孤独を纏い

抱え込む不安と抱え切れない自由はいつも心に重く
掌中の悩みは永遠に尽きることがない
自が身決して満たされないままに
自惚れは深くして臆面もなく独善を張る
どこまでも傲慢で愚かしく
拭えぬ百千の拘りや
募る焦燥の砂嚢を背負い黄昏を目指す
冀いと熱情を信じて生きる木偶である

自恃に縋る、然る可き投げかけに
そして、人らは往くのだが
叢雲湧き立つその先に
春の雨を待ち受ける
黙然と立ち尽くす木々のように
いつの日か、花蕾微笑ませることは——

突如として
近くの梢でざわめきが聞こえ
百舌が急ぎ飛び去った
消え行く先は何処の春であるのか
投げかけられた春に
ふっと振り仰いだ頭上では
粛々と咲き出でた侘助の白い花弁が
残んの白玉震わせて
一瞬ひかり輝いた。

# 方丈

いくたびもの暁が
限りなく平衡する日々
穏やかな一丈四方は
古色なる閑雅の一隅

蜩鳴きやまず
窓外は叢の傲り
小庭に臥す石群《いしむれ》と
吹き抜けてゆくそよぎ
樹々の緑陰
遠い街々の喧騒と

足早の時雨が過ぎて
明け渡る雨後の滴りと
四阿に委ねた休意
日常である更なる日々の明け暮れに
見渡せる身の丈ほどの隔たりを
方丈に倣う

閑める個我とざわめく都塵
寸刻と悠久を刻み隔てる
定かならざる寸隙と距離と
過ぎ越してまた訪れる反復に
四気を巡ってゆく朝夕を
定かならざる方寸と結界と所在との
有の環座はその戯れに

方丈に随う

ひとり居る明窓浄几に
遣り過ごす絶えて久しい一刻
身を慎みて省みるその時を倣えば
近くで鳴く鳥と風と遍照さえ常ならんと
方丈を限りなく敷衍すれば円相に達し
規矩を憚り方円の風体に随うが
方丈を方円に倣うなら
忘却すること勿れ
その倣いの丈
方丈への岸。

# 蜉蝣のいま

きのうに似ている朝が来れば
きょうも此処では
或の時のあそこでも
きのうに似ている此の川のほとり
表白のない相似ている朝を刻んで
逃れることが出来ない時の軛のなかを
生まれ来た幽き遊糸
時しも、生を抱え持つひとつの器が胞衣を破る
夜色明け染めぬ葉裏に潜み
始まりの羽化と脱皮を弛みなく繰り返した

柔らかく透き通った蜉蝣の生は
露の葉裏で盛んに薄衣を震わせている
おお、幽かなる羽化登仙よ
薄靄をついて訪れる今朝が過ぎて
複眼で捉える新しい空に、颪が生まれ
さやかにやわらけくたおやかに背を流る
いまを運ぶ時の水際の流れのなかを
ひときわ軽《かる》やかな颪となって
浮きつ沈みつそこ此処を
透き通る翅影が横切ってゆく
その、素早い儚さを

陽光降りそそぐ
僅かな生のその先に
陽炎はいまも淡いゆめをみている
覗き色めいて浮かぶ遙かの彼方

悠々閑々の空に浮かぶ白い雲らは
いまを解き放って
時の水際をしばし歩んでいる。

# 木蓮

天壌にものみな沈んでゆく長夜
深い眠りの傍らで
地より湧き出でた穏やかな命
白上の仄かな気息落とし
木蓮の花々は静けさのなか

此の地を定めて
親しい陽の光と慈しむ雨と風との
身際に注がれる日々を傾け
知り初めぬ多くの夜を焦がれて
白絹は八重二十重にと

それぞれがそれぞれの身に
微笑ませる気高さと安らけきこのひと夜
匂やかに振り撒いて
揺れながらしなやかに撓む

闇間に浮かぶ白重の夜は
ひっそりと身じろぎもせず
深い眠りに沈んでゆくが
穏やかな夢見る心地の身際であれば
世に古りてさだめなき現には
あるものすべて熟れ朽ち果ててゆく
ひとしく骸となって折り重なる
嘆きの鎮魂ともなるだろう

静寂の夜の眠り
白い花々は匂やかに

明日《あす》を夢見ている
大いなる行く手の闇を信じ
永劫の逆旅で自らを解き放つ
遠く山の端が白みゆく朝に
どのような蕾を膨らませようと
未明に輝く朝露は
優しくおまえを待っているか。

# 仏頭

その日――
穏やかな一天が俄かに掻き曇り
やがて雨粒が落ち始めると
遠く近く雷鳴が劈いて轟き渡った
一瞬、閃光は堂塔を目がけて掠め去り
火花が散った

真紅と白煙は瞬く間に
天をも焦がす劫火の頂へと立ち上がる
炎は夕闇の回廊を直走り
忽ち金堂をも覆って貪婪の限りを尽くした

支える柱を挫き梁が弾かれると
甍は悉く舞い散って崩れ落ちてゆく
剝ぎ取られた天蓋の内懐《ふところ》には
巍然と、白鳳の薬師が鎮まっていた

発する声はなくひたすら佇立する
瓦礫と灰燼がひたすら燻り続いて
輝く鍍金が台座もろとも溶け始めると
引き裂かれた鈍い金属音は喘いで
自が首《こうべ》はゆっくりと傾ぎなだれ落ちていく
打ち砕かれて僅かに面《おもて》だけを残し
それは嘆きの際《きわ》に悲しみがひれ伏したとき
爾来、六百有余年がひっそりと瞑目し……

此の世の過去の暗闇から遙かな黎明がやって来る
見晴るかす眉目には瑞々しい明晰を極め

流麗なる目覚めは眉尻から鼻先へと至る
大らかな気品と冴え渡る威風を添えて
見開かれた瞳の奥に汲めども尽きぬ泉を湛え
秘めたる口唇が掻き抱く言の葉なれば
発せられても然る可きその声は凛々として戦ぐだろう
すべての現を獲得した懐しい貌《かお》が……
だが見捨てられたものは
もはや誰からも愛されないのか
起き上がる可きとて体軀《からだ》もなく
一部分のみの余薫となって。

＊仏頭　旧山田寺蔵。興福寺東金堂の再興の折、本尊として祀られたが被災し頭部
だけが残った。国宝。

# その夕映えに

今日も亦
常しなえに続きゆく天と地
早春の野辺はまどろみ
かかる大地の種子は目覚めて
萌え微笑み、やがて結実してゆくことを
躍る清泉が流浪の巷でまみえた夕暮れ
永遠の眠りと無辺なる転生の海へと奔りゆくことを
陽を浴びて渡り鳥が目指しゆく
麗しい山並続く遙か故郷の
夕映える街々が束の間の日々に変わりゆくことを

気紛れに吹き来る風は過ぎゆくばかり
厭わしい思惑の風、不実を招く旋風
ふり来たる愛憎はいつも素早く無造作で
嘘と欲望が見え隠れする欺瞞の頬に
軋轢は渦巻いて猜疑の寒風吹き過ぎる
予期せぬ波風に煽られて
吹き溜まるまま、野晒すままに
やがて堪え切れぬ不信の風雨と化し
落日へと一散に駈け抜けてゆくことを
遠くで湧きあがる白い雲等が
勇躍、生々流転する
憧憬仰ぐかの大空の下
あの日
実らぬ若い果実を抱き続けたことを

今日も亦

為しゆくまま、そのままに
もう黄昏がやって来た
傾きかけた地平線の行く手の
その夕映えに。

# 秋の実存

一盛の旅を廻る
ふたたびの秋
ひっそりと然《しか》も足早の
確かなる顚末とその残余

生けるものと死に赴くものらの
五生の意志と陳腐なる桐一葉を残す幾春秋
それら成熟とも凋落とも転生とも名付け得ぬ
その一期に横たわる廻る時の祝祭
さんざめき燦めいて掠め去った
名付けられた花々はしばし戯れ

或いはまた放り舞い散る失意が朽葉
すべてが捨象されて秋を撒き散らす
落ち葉そして落ち葉、また落ち葉

いま秋空の一河を切り裂いてゆく
閃く紅絹の遠い稲妻
一瞬が解けた夢のあとに
瞑すべき一身は片々として一切は影
現の果てはその証左

かつての生は滅び消える
既に木々らは衣を脱ぎ去って物静かに
傾れてゆく死は明日への転生を
朽葉はらはらと黄金に染めて
木洩れ陽が緩やかに降《お》りそして撓むまでは

吹きそめし秋風に
去りゆく旅人の背後に
ほどない時の実存に
斯くあることは既に斯くあって
此れまでもそして此れからも
始めあって終わりなく
来たるべき歳月に急ぐ、杖と蓑笠を
峻烈の冬へと
再びの帰り支度を調える。

# 瞑想の岸

湖《うみ》の国には
水面を打ち払う静けさがある
打ち破る小石であれ
逆巻く怒号であれ
世に倣う喧騒に小揺るぎもせず
瞑想の岸は眠りのなか

湖の国の畔
草深い邑里に一歩踏み入れば
そこは渡岸寺
幾千の嘆きの前に

多頭の仏は鎮まって在る
希いのゆくえは無明の千仭にして
変現の頭《かしら》は首《こうべ》に座し
誇示する傾聴が両の耳朶に欹つ
悟りを頂く瓔珞燦めいて、粛々の幾帛は流れ
頭上からなだれ来たるは幾許か
慈悲と忿怒と微笑みはいずれの掌中に
耐えんとする腰の括れに
堅く忍ばれる受容は苦悶の至重
緘黙を洗い続ける岸は
なお鎮まって在る

瞑想に沈める湖
天衣はいまだ厳然としてまどろみ
断えざる物象はその影を重ねる
放下の重力ひたひたと垂下し

微かに揺れ撓み、そして翻ったか……
紅蓮たなびく愁いの岸は
はや夕なずむ忍耐の湖
術のない無言《しじま》
倦怠《けだい》の鐘の音重く、嘆きの湖に掻き沈む
なおも明けぬ眠りのなかに。

# 垂るるものは

眩い陽射しのなか
流さずに済むことが
明かさずとも
ただ、はらはらとこぼれ
地を打つのは

誰もが其れほどに
いつの日か
ゆくりなく訪れて来るのを
——俊敏なる情意のやまかいを掠めて過《よぎ》る
突発したいかなる風雲のいそぎか

あやかしめく雲行きは謎めいて
走る群雲　立ち現れる緋緘に
真新しい直情を秘めて
一輪あやうくふるえた真紅の薔薇
熱い情念膨らませて贖えない流下へ急ぐ
湧き立つ野火にはたと気付いた地平
初《うぶ》なる大地を駆け抜ける静かなる烈火
まぶたのうちにあふれさしぐむものは

悔恨、それとも悲しみ
それら理性の裏側で
ひっそりと囲い、養い育てて来たものは
峨々たる直情の許されざる信念
懐深く抱かえ続けた驕り止まぬ矜持と自愛
情念が招く抜き差しならぬ峡間へ
なだれてゆくしかないそれら

見えない崖にむかって描かれた放物線
ひとつの投げかけで始まりながら
気付くとも気付かざるとも
黄昏めいた嘆きのいやはてを手繰り寄せた
見えない紅染めの、一本の糸

眩い陽射しのなかで
目蓋の裏に凝った途方に暮れたまなざし
さしぐみなお垂るるものの
振り解いても、振り放ってもなお
掻き消せないひとすじの苦い露。

# 夜の風景

日々にさりげなくふるまう
ささやかな喜びと安らぐ眉目と
或いはまた、諍いの果てに横たわる
悔悟の嘆きと悲しみの謂われなき切なさと
そしていつの日も白日の天地は
聡明で深い優しさ
訪うものすべてを分かち無く咀嚼して
万象のうちに暮れなずむ

夜は万有を嘸下する
限りなく深い闇黒のため息である

ふたたび甦る諍いと嘆きとの
省みて逃れ得ぬ囚われのもどかしさ
募る焦燥は尽きぬ情意に燻って
燃え種の榾火が煽る永い夜
渡り合いそして鬩ぎ合う
銅《あかがね》の火花飛び交う迷路には
黒白の如何なる途《みち》が待っているのか

深い夜は
いまだ鎮め得ぬ熾火
しばらくは白煙となりくゆりゆらいで
成らぬ嘆きに消息を探っては
たったひとつのため息に埋もれる
焼え尽くせない堪えられぬ夜に
踏み入ってさえなお断じ得ぬ理知は蒙く
うな垂れ身悶える背後の風景は

だがそれさえも
憂愁と彷徨のうちに凍えるだろう。

# 訣れ

東風吹き抜ける、耀うあした
浜辺の小高い崖の上に
波打ち騒ぐ、花々の
逞しく、無垢なる麗しさ
今は、もう
見遣りつつ、そっと解き放って
振りも、返らずに

船出する
遙か遠くへ
一筋に流れるあの汽笛の声が

人の世の当為をひたすら見届けている
行き交うほどに今日の一日《ひとひ》の種々《くさぐさ》は
瞬き瞑《つぶ》らぬ過《よぎ》る時間
不意の微風に見交わしてゆく
艶やかな眼差しさやぐ
擦れ違い見失った淡い色彩
忘れ緒を忘れ去る今日も
織り成す事象降り積もる沈黙の輪郭
流離が枝垂り尾の落花さえ解き放って

午後となり
遠ざかる遙か曳航の
去りゆくすばやい記憶
明日になれば
なにごころなく忘れていよう

人の世の浜辺に近く
わが身の後にも
先へ先へと進んで
忽ち退いた
夕陽はためいている波々を
何度でも何度でも
寄せては、再び返す永遠を
今はもう
宥めながら
見送らねばならぬ。

# 来歴

森閑とした森の小径をゆく
たった独りの歩を進めてゆく
憬憧と躊躇いと誘惑が交差している
跳梁する思念、迂曲する欲望を絡めては
いまだ知り得ぬ小径をゆく
不安と懼れとの絶えざる行人となる
昼夜の如く垂んと待ち受ける
無極ばかりを貫く黒暗の小径を
倦まぬ跋渉は弛まぬ意志を、瞠いた眼を
無限の闇を、見知らぬ何処へと探るは未明
踏み惑う小径、際疾く危うい選択の径を

迷霧の一歩さえなまじ踏み出してゆく
斯くも審らかに断じ得ぬ径
狭霧の深さへと迫ってゆく径を

確乎として貫く冷厳の森は
何人をも拒む黒暗の闇である
——囁きであるのか、幽かな吐息とも喘ぎともつかぬ
薄暗い脳裡に浮かび上がる不確かなる波紋
唆され誘われて突き上げられる連々の
投げ掛けられた漫ろなる反復
〝われ神であり、闇である〟と云う
危うく浮き足立つ中間の者である故に
見透かされ嗾けられて
不昧の観念をも攪乱してゆく痞え
審問を窺ってなお弁別の気配さえ覚えず
苦い嘔吐《えづ》きを搾り切る吐瀉となるか

渾然たる原初の渦動を糺すにも
抽象されるべき何程も
是々たる何程をも見出し得ない

象徴のない如何なる時も何人も
仮託する明日への方途も夢見ることも
すべてに企図があり自由があり
自ら下す選択であるのだが
択一を計る術は朧である
今日もまた朝な夕なに小径が連なって
歩みゆくはなお有の不断
大いなるいつの日か、その真昼
意志と自由と決意とを悉く開示して
晴れやかに立ち上がるとき
鮮やかな行為の上に、そしてその瞬間から
いまだ摑み得ぬ有の祝祭へと直走るなら

厳粛なる生を審らかにしてゆく泉下へと
ながれなだれてにじり寄り
静かなその岸へと赴くのである。

# Ⅱ

# 白馬の鞍に跨って

とある暑熱の物憂い昼下がり
椅子に凭れかかるまどろみの想念がある
いま視界閃いて画然と抉られた窓外に
定かには認めがたい人世の風景が
俄かにかき曇ってゆき
傾きかけた叢深い坂道を
鞍を負い鬣なびかせて
幻の、見知らぬ白馬が駆けてゆくのだが
そこに見た馬は馬であったのか、否
非在の白馬に跨ってゆくばかりだ

網膜の箱庭でふと覗き得た貧しい矛盾律
存在を窺い得る朧気な実体は
それ自体在ったのだと
掴み得たのだと言えるのか
明確に覗き得た本来そのものの、否
去りゆくそのものの非在の影だ
心寂しい網膜の底から
湧き上がって来た、と云うべき白馬
鬱蒼とした網膜の
蒼然たる螺旋《スパイラル》の階梯を駆け上がってゆく

父に似た一瞥の儚い画布に
愁い典雅なる薄命の幼い王女が佇んで
だが、眼前の王女はもう何処にも居ない
遙か昔日の
薄明の洞窟に繋がれた虜囚らの面影すら

とっくの昔に消え去ってゆき
嗚呼、十日目の颪そよぐ庭先に窺い得る
可憐に匂うべき菊花の饐えた午後《ひるさがり》
窺うことが出来た何もかもが
忽ちのうちに走り消え去る白い影だ

不確かな白馬の鞍に跨って薄暮に急ぐ
未生からの有を目指す奔出の彼方
捩れた想念の微熱の額に
幽愁のあの陽炎が苦々しく揺らめき戦ぐ。

# 鏡

鏡に映える人のすがたは
自己に対極するさみしいひとつの像である
いつも、人の世は、斯くあったのだ

背後を見せぬ瞥見に
閉じ込められた檻の中は
隈取られた均衡が危うく揺らいで
地軸は軋みながら反転の幽かな音をたててゆく
表徴の不安を拒む虚妄の表象であり
捏造を空嘯いて居直り続ける脆い体軀《からだ》
柔に揺らいで照り映えた精神の出来《しゅったい》である

喜悦に魅入られて
自己同一に到らんと斯くも不覚なる不整合
王宮に似ている煌びやかなる矮小の
痴れたる獄舎の幽閉は
奪われるほどに打ち眺められたる嫌悪
むず痒い苛立と羞恥にまみれ
得心と愉悦に浸る満面の長座ほど
颪に帆かけの遁走に若くはないのだ

いつであったか
肉体と精神が呱々の声をあげる
請われ求められながら、いつも渇いている
孤独によって慰められた
独自で鮮やかなる表象として
薄明の胞衣から躍り出た眩い原型があった

きょうも、物象の狭間に歩を速めながら
絶えず古くて新しい言葉を生み、精神の波濤を呼んで……

停泊している時間
錨を下ろした船体の背後に
過ちめいた秋風が吹きすぎてゆく
蒼白い光投げ掛けられたさみしいひとつの像。

# いつも見えているものが

いつの頃からか
風が立ちはじめると
ようやく季節が旗揚げする
はためく空を振り仰ぐわたくしは
たった一片の木の葉にすぎないのに
偽りめいた観念がひとつの問いかけを生んで
譲らぬ信念が翻意せぬ踏み絵さながら
問い問われることの意識の底で
問われるまえの答えのように
用意してしまった呪縛の踏み絵
自意識ちらつかせ、仮相膨らませ

負った荷の軽重と容量を推し量りながら
古めかしい体系に組する様式に急かされて
駆り立ててゆく踏み絵さながらに
いとも易くひび割れ四散してゆく鏡の動機《モチーフ》
予め用意された訣別へひた走るなら
夕間暮れてゆく思考の宵闇を引き寄せて
至上を掲げた思潮を取り込むことや
さも親しげに寄り添う正義をも
虚空に向かって、もう
投げかけることはないのだ

一片の木の葉いまだ黄昏を劫掠しえず
――明日を装填する濛い薬莢に拱手して
迂愚なる銃把の衿首に東雲の貞潔を認める
足どり近く、遙かな距離を連ねるそのひとくだり
薄色の銃丸は厳かに放たれる

春浅い陽炎《かぎろい》に硝煙の裳裾を曳いて
遙か弾道に凝ったしめやかなる渇き

一身が傾《かし》いだたった一片の戯れにすぎないのに
問い問われることの意識のまえに
官能を湛え近づいてくる魅惑の踏み絵
夥しい時間の水底深く蠢いていた意識の海は
放心の精神はもはや庇護されることはないのか
熟し切れなかった日輪が咽ぶ花の冠は。

# 虹

何時の時も如何なる時も
孤峰欹つとも鼓動打ち繋ぐかかる身に
ア・プリオリなる古典的落日を背負って
東西南北、何処へむかうにしても
属人をしばし解かれ、死を待つであろうし
不過のうちに有を生きるであろう

いま鮮やかにかかる
目映い金色に縁取られ沐浴する水蒸気
とりどりに昇華するりと帯のいろ着襲《きそ》い
七色の円弧を抛って一気に駆け上がる憧憬《あこがれ》よ
繋ぐ手と手はカドリーユ舞い躍り

欅を斜にきりりと流す戯れ遊ぶ色彩よ
充実した空虚である己の、翳を消し去る形象よ
そうして淡い緋色のうちに心づき
仰ぎ見る眼差しを貫き射るプリズムの煌きよ

譬えば――
駆け上がってゆく金襴綾なす朝が来るなら
此の岸に横たわるあらゆる哀切を浚って架橋せよ
鬱蒼たる脳髄に狭霧立ち
再びの傷痕呼びさますなら
振り上げよ振り上げよ
切り裂き払う一閃の剣《つるぎ》よ
狭霧去って時が到るのなら
明日にむかって振り下ろせ　虹よ
なだれやまぬ光よ
鮮やかにかかる虹よ。

# 煙

ひとつの過去が終わったところに
疾風、砂塵は吹きすぎていったか
なげうたれたひとつの飛礫が
ひっそりと廃墟に埋もれる
暁の、忘れ去られた眠りである
もう起きあがることのない希望である
ふたたび暁をかぞえ真昼をかぞえ
かぞえられた夜に夜をかさねる碑銘である
もはや判別しがたい岸辺、名づけえぬ湖沼である
いま、胡蝶舞い上がり
落とした影を曳きながら

沈める新墳に別れを告げる

烏啼いて、そぼふるは時雨
揺らぎたちのぼる阿弥陀ヶ峰のうす煙よ
これはもうひびわれて成った賑やかさ
きのうが目覚めた過去の破片である
或いは、晴れやかな祝婚の歌のルフランである
通いなれたいつもの小路を
ひとつの生涯がしめやかに歩む葬列である

もうもうと欲望の河口にたちこめる
ざわめく渇きよ逸楽よ　襤褸ひしめく掠奪の河よ
生の微熱が放った赫う《かがよ》鬟は沖つ波
萌葱たなびくとも転変の兆しすら知らず
襲の色目褪せてゆく失意よ　裂け綻びる綺羅の落日よ
譬えて紅のひとえ　物憂げに揺蕩《たゆと》う濁り江よ

洗い浄めながら跡形もなく消え去る水鏡よ

古式ゆかしく　いまし裳裾ゆらしつ
打っては返すしき波は紫華鬘草の群落よ
逝くは春　なべてはことごとに戯れせんと
おお、いちはやく訪れる永遠の気配にふるえ
いそぎたちのぼる
ひとすじの煙よ。

# 颪

一瞬間の時の軽さを量りながら
四肢の存在は躊躇いのなかにある

何処《いずこ》からの空
盛んな雲々の一塊が
ふと翳りを見せた一瞬の豁間から
真新しい回廊を廻ってゆくひきあけの波々
途とはいえぬ途なき一途《いっと》の捷径を辿り
振り仰ぐ樹冠の高みを吹き上げて
稀薄なる眦を裂き一過してゆく透き通った翼
すり抜ける切通しは空虚のままに
颪狂が流れ、遺颪は流れ
謂れは時に颪来とも、薄紫の脚注を忍ばせて
颪媒の花粉はためらいながら暫し流離う

いま北の空へと渡りゆく今日帰る雁

我々に訪れて来る妖精の目覚めは
滑らかな丘陵の頬に戯れて精神の微熱を生み
輝くこころ色付いて憧憬振り仰ぐとき
遙か波路より焦がれやまぬ海鳴りを運ぶ
家並の廂々に、路地裏に、今日を描いて
喧騒の大通りを一気に駆け抜けてゆき

いま荘厳の両の掌さしのべて
さやさやと藤が枝はしだれに堪える
撓うばかりに弓なりは
日々に空過を省みなかった咎　その赦し得ぬ罪
笞杖のごとく運ばれて
運ばれるまま打ち据えられる罰
波打って弓なりの罪咎滴らせては……

そうして　なにごころなく軽やかに運ぶ
時に　爽やかな微風が
右の頬をさっとひと撫でしていく。

# 弾かれた樹冠

さては耳朶を欹てることも
さりとて遣り過ごすにしても
聴き洩らす放心さえ
いずれ、吹く風の行方のまま
何処かへ流れ去って消えゆくものだが

いま白夜の如き半開覚醒の脳裏
疑懼の霧に覆われた半可なる審理は
不信のまま揺れ騒ぐ林立の原質か
否認の焰、反論は烽火、峻別が両断駈け巡って
仄暗き枝葉に詮索束ねる鬱蒼たる樹冠

対話せるそもそもが胡麻胴乱
首肯し得るか背離するかは弾かれて
撃たれ是認してしまう許し難い木呪い
成るか成らぬかは問答の
割け入って成ります成りますと
符合させてしまう賢しらの
判じ物憂く蒼褪めて
昂然と引下がらぬ旋毛曲がりは
捩れ凍てつく氷結への径
なれば立ち帰る逆か径を
一気に転げ下れば
認否の背後は黄昏れてゆき
あわれ木の葉舞い散り朽ち葉は埋み
吹く風の行方のまま流れのままに
忘却の彼方に遣り過ごせるのか

もつれた疑念の枝々がほぐれ
審らかに氷解するには
朽ち葉全てが散り去ってゆき
きっぱりと腑になだれ落ちることを
明解を謳うべき壮麗の声をいつの日か
新緑の耳目で捉えることが出来るだろうか

星々が仄明るむ白夜さえいつもながらの茫漠で
いまこそ総てが晴れやかに生起して
首肯の胸中で悠揚と咀嚼しえることを
疑念秘《ひそ》める朽ち葉の懐で
蒼褪めた仄暗い部屋の片隅で
目覚めを待っている眠り
それはいつの時
どのような謂れの黎明となるだろう。

# 春の旋律

眠れない夜に
かえり来る春は
枕辺の、星々の海の、ささめく旋律

――在りし、若い水際で淡く揺らめいていた
春めく水辺の、青きソナチネよ
はらはらと花片散り敷いて
清音のさわさわたてる遍在に
漕ぎ渡る櫓櫂の調べ、滴り零れ
微熱の頬に映える愁いよ、傾れ来る春よ
速やかな水際すら憶えず

往きては還る重波《しきなみ》のフーガの谷間よ
約やかに通奏低音の弦《つる》はうねり
先夜にうたう桜花、なお散りやまず

引歌を知り初めてうたいつなぐその古歌よ
うたうまま、引きつなぐままに募らせた風の形見となるだろう
夜気は顫える、再び波濤寝覚めて
パッセージが舞う、沈黙の夜が奔る
ニ短調蘇り、アマデウス閃き聴く微かな潮鳴りと
くゆりくるアルペッジォは愁いの苦き香炉と

耀うひもすがらに
鳴きやまぬうたひばりの囀りは
遠く高く、導《しるべ》のない無窮の天を行き交った
去りゆく、きのうのうた
熾んにうたっている、きょうのうた

春めいたあしたの空にも、また
うたわれていよう

眠れない夜が
嘗ての空に谺する
消息のない枕辺の、導のないささめく空
晴れやかにそよぐべき、初夏の空にも
また、谺していよう。

# 明日の壁

篠突く雨も打ち続く風霜も灼熱の陽にも
鈍重の閾は大地を引き摺り昼夜を舎《お》かず
苔むしてひっそりと鎮座する堆い障壁
如何なる明日にも何人にも立ちはだかる拒絶の暗礁である

縦《よし》や越え難い閾さえ踏み破るべきは可能の踵である
威容聳えて屛風が丘に踵ぬかるみ下肢重く
夕間暮れてなお立ち尽くす迂路の断念

今し、眼前に迫る穹窿の青の彼方では
遍く擲たれて在る半環明眸の光景が緩やかに駘蕩し変遷し

高く低く悠然と旋回する遙か地平
見果てぬ明日の憧憬にやがて極星輝く天

踏み破るべき可能の生はやがて寂に到る現存
彼の岸へと渡河するまでは絶えざる此の岸の波頭《なみがしら》
青嵐の前に揺れ騒ぐ穂波の行手は小舟に乗り急ぐ深い河。

# 舞踏の形象

噴水のエチュード

夢を紡いで現を綯い交ぜに
光輝と散開が相半ばして
奔放な妍を競う陶然の淵
綾なす希望とたばしる絶望と
期待と不安が乱舞する惨憺たる瓦礫

重力に抗って引力と婚姻し
次々と花開の時が生まれ
冷静なる奔騰は虚空に煌き満ちて
絢爛と咲き零れ、飛沫《しぶき》舞い散る道すがら
突き上げられ傅いて、徐にくず折れる露

躍動と静止或いは端緒と終焉との果てしない崖

母なる羊水にかき抱かれて
胎児の未来がゆあみしている
あらゆる生の水際では須く跪くべしと
厳粛にして、有為《うい》なるかな
なおも果敢にして、永遠なるその奔濤は
斯くも寛やかに生成し邂逅し交叉す
艶やかなる悦楽を往還してゆく奈落の刹那。

# 無頼荒野

怪異徒ならず群雲は一天を覆う
何処をどう踏み迷ったか血迷ったのか
無頼荒野に迷妄の砂塵吹き荒び
石礫飛び交って雷鳴劈き轟き渡る
嫉みや蔑み数知れぬ怒り憎しみ振り翳しながら
熾烈の逆上、天地を席巻する
ほしいまま驕慢の狼煙は地平に翻って
客気火照り、血迷って、肉《しし》は踊って焰立ち
燎原の野火忽ち連なり走ってゆく
無頼と傲岸が先駆けて相競う飽くなき格闘
砕かれて、斃れてもなお起き上がる

重吹くは醜態、泡立ち波立つ嫌悪が血潮
攪乱の坩堝、悶え煮え滾る真昼の狂宴

欲塵ばかりが狼藉の果てしない曠野
狂気や悪徳諮り難く
況してや美徳や善など
至上なるか愚昧なるかの択一に迫り
峻別が狭間での分銅は右往左往となる
傾ぐ秤量の端倪すべからざる背後
揚々振りかざす慢心が胸間に
敢然と起ち上って来る論理はなお背理
滾る心肝は醜にして灼け爛れる紅蓮が臟腑
盲いた妄執赫々と燃え熾る苛立つ焰だ！

狷介にして孤絶なる荒野
火だるま踏みしだき蹴散らす満身が地平

両断の矛先は妄執の炎熱追い詰めて
炯々と見据えた先の切り岸は
敗残の眼光揺らめき火花散る燦めきの失墜
燻ぶり続く我執はいまだ朽ちず
飢渇がうねり思考は捩れ
眩暈するのは言の葉ばかりか
余燼引き摺ってゆく迷情の糺問の
果ては惑乱とも成り果てて

ならば愈々
驕慢の自我を捕縛し引き回し
陽の下に曝し磔刑とせよ！
燻ぶり続く数々の驕慢や憤怒、振り払えぬ執着搦め捕って
斬罪の血だるまと為し
焦熱の脳髄に墜ちんことを。

# 思考の前に

歩を安らう時
静謐の脳裏に形造られた思念があって
無意識の網膜に仄揺らぎ識《み》る
鮮やかな視覚と生硬な知覚までが
見え隠れ、時に閃いて、選り分け指し示す
永遠に、深い沈黙が、無限の空間になどと
脳髄の意識の軒端に茫洋と眺め得た
覚束なく、ひらひらと、ふらふらとした
だが、明快に覗き視たのか
そぞろ湧き上がる源映に照応し
上気した皮膚の窓辺に忽焉と現れた痣であるのを

醸された直覚が生み落とした不覚なる宿痾
巡らせた仮象を刻印して象徴と為す
思考及ばざる網膜に投映された
行為の前に立ちはだかる夢か幻かの射影
絶対皆無の空間を抉り出した
感性を証する陰画

人が為し得るのは
大いなる工夫と苦心、そして素朴なる思考の旅
多くの問いかけ、重ねた推敲、そして決意の出航を
明晰なる悟性を、意志を、悉く見開き
思考の熱滾らせて明快の認識へと迫る
偶然に立ち寄らず普遍化に肉薄する一切
弁別の狭間で断じた比類のない総てが
われわれが、われわれ自身に指し示す行方
そして、進み行く一脈の航路

至上なるか、凡庸なるか、明解の陸《おか》を目指し漕ぎ出《いだ》す
晴朗或いは荒天に進み行くその終局に訪れる
輝ける帰航、はたまた苦衷の擱坐、或いは難破
盛衰たる航跡引き摺り束ねてゆく
感性と思考が交錯して奔る浪々の肉体……。

＊永遠に、深い沈黙が……　パスカル〝瞑想録〟の一断章。

# 比喩の中空

不可視を捉えんと
明け遣らぬかな脳裏の空
湧き上がる雲々の遙か通い路
雲と散って雨霧煙る薄靄は頭蓋の
夢見の後のいまひとたびの覚醒なれば
仄暗い部屋の片隅を選りまさぐる藪の中
様々な意匠《デザイン》を創意し模索する空白の画布に
素描を画し決定的光彩を照射する
種々紛々たる感応の陋屋に浮かび上がった
呱々に息急く初心《うぶ》で鈍な擬態の現出
眩い酩酊の窓からはてしらぬ仮初めの空へ

際限なく膨張する束の間の主辞は
薄明の頭上に閃き炸裂する岩漿《マグマ》
修辞絡ませ噴出する赫い意志の記号
空洞の中空に築かれた儚い伽藍、はたまた白熱の解体
窺い知れぬ極天の谿間に架橋する思考である

視えないもの捉え難いものは
如何なる遠い空の涯
盲いた無明の闇路にあろうと
或いは見果てぬ夢の目覚めの裏に
希望という言葉に響くその虚ろげな幽さのうちに
確信の旗幟をはためかす信念に
生に値するであろうすべての甘受に於いてさえ
転変不確の虚数を捉えんとする
虚数と雖も実数は可能であるのか
内側ではどうにも視えない実数

いま、中空の汀に打ち捨てられてゆくのを
見立て得ないことこそわが在処《ありか》
方法であり流儀であり体系なのだ

晴れ渡る架橋《はし》の上空をいま蝶が過ぎる
いったい蝶はどこへ行く？
その蝶に仮託するふやけた暗喩
無論、蝶は黒暗の奥処に向かって飛び去るだけだ
我が頭蓋の晦渋の中空に蜃気楼は揺らめいて
比喩を識《み》る双眼は限りなく寂しい。

# 感情の沼で

随順の如何なる機微の足取りさえ
花盛る祭囃子さんざめく細道を過ぎ
ずいっと渡り切った橋のむこう
その沼のほとりへと
必ずや辿り往くのだと断じ
瞬時に行き交った
気儘に択び取った情意がある
思惑ありや
然も理知に及ばず
何時もながらに仮初めの意識はとぼとぼと
けもの道さえ割け入らん酔いどれの夢中

何食わぬ顔、埒もないほとり
試された直情ひたりひたりと滴り落ちて
速断の手際で掬い上げる感情の水際

真昼さえ花曇る景色の下
愉悦や悲哀、怒り憎しみ高下する
落下の花弁が舐める感嘆の渕にあって
或る時は怒り心頭に発す、憤懣の花片撒き散らし
ぐずぐずを糊塗する悶着相極まって
不手際乱れ舞う徒花打ち眺むれば
吹き過ぎるなり沙羅の瑞枝はなお小夜嵐
もってそれら片々の散華に打ち沈み
諸処落花埋もれる沼底深く
華々しく白々しい魂魄の墓表が燃え騒ぐ

あわれ夕凪に風発する

ざわめく水際を直走る不羈の情意は
とこしえに不可測なれば
込み上げ突き上げる不可思議の
丁々として発止なる、気色
なお相対し、止揚するものかと
砂礫の激情はいまだ劫罰の沼底に犇めいて
掻き抱かれる早瀬に戦慄が走る
崇高なるか愚昧なるか贖えない罪科《つみとが》は蹲り
自如と寛大と忍苦が頓挫して黙座する
尊厳の七色が閃いて示現する止め処ない氾濫
溢水を突っ切る端緒はいま瞬発する。

# 知覚の先には

段だら縞目には滑《ぬめ》りの触着を窺う
簡古たる土の匂いと湿った肌触りが濃淡ほどに
歴としたかかる物象の他には何ら見極め難い
半ば崩れかけた土塀の明瞭な裂け目から
打ち続く時間に咎められ蔓延る形而下の残滓とも
塗り固められた観念犇めく思考の呻きとも
あらゆる欲望の裡に蠢いた修羅とも
喉元を切っ裂く煉獄の叫喚とも知れぬ
蝕まれた原像、はたまた刮目する眩暈に
この世のすべての認識をも翻す
螺旋の陥穽と負の知覚を纏った影の密使

立ち込めて来る漫ろ、きな臭い虚無の匂い

日々昼夜の如く連続する
かつてを想起する遙かな千古
遡る始原の海に混沌が逆巻いて
沸騰する漫々の源淵を切り裂いて躍り出る
払い難くも遁れ得ぬ迫撃の波頭が
轟き波打ちどよめき走る

忽然《こつねん》とそれは
傍らの土塀を横切って
滑《ぬめ》った夜風、ひょうと吹き来たり
一瞬間、瘴気の如くに漂いはじめると
何故か艶やかに蠱惑して包み込み
誘い入れようと魅惑するのだが
覚え知れぬ幻惑に、見えぬ影に慄いて

怯む頭蓋は、懼れに傾ぐ肩口に
霧雨降って肉《しし》を覆い尽くせば
濡《そぼ》たれた知覚がついに往き着く処
冷ややかな寂寥となって軋むのである

投企する現身に引き詰めて逃れ得ぬ
牽き戻されて横たわる眼前の思念
露先の永劫は愈々遠く
来るべき赫々たる明日は俄かには信じ難い
世界はいま緩やかに自転して
未来に先駆けてうな垂れる絶望の無謀
一切の概念は流れ去って沈黙する。

# 夜想曲

沈黙はなみなみと湛えられ
夜を込めて臥所になだれ込むと
血と肉と骨と脳髄のすべてが感応する
仄明るむ醒めた意識の海で
まどろみの想念は鎮める精神を捉え
麗しい序奏の潮《うしお》沸き立つ
軽やかな色彩、花開く輪舞《ロンド》
諧調の波間に鏤められて
薄ごろもの静夜に弾むしめやかなる楽典
眠り眠らぬ知覚に捧げられた精妙なる美の供物
沈々《しんしん》と小夜更け、法悦に浸るその魅惑

輪舞《ロンド》たかまって
駈け廻る遠近はフーガの技法よ
誘われて熱いあかがね抱く精神《こころ》よ
官能的自意識はためかせ、帆を掲げては
不敵なる熱情の魂《たま》孕ませた罪深い小舟《おぶね》
熱情とは省みられぬ放肆の先駆ける速さ
されど帆走す、戯れの執心尽きざる水夫《かこ》よ
明日には蹌踉と悔恨の艪拍子宥めては……

幽邃下垂る脳髄が眠り眠らぬ沖つ白波
劫初の海から数珠繋がれてきた
囁かれる潮騒、語り継がれる小波は永遠《とわ》なるバラッド
いつまでもいつまでも連なって
どこまでいっても鳴奏《ソナタ》止みゆかない
旅人去って、試みが連なり、打ち続く岸

終わりのない躓きなど、あろうものか
洗い続ける自らの音律に自らを委ねる他はなく
ありとあらゆる試みを奏でる、余り有る実存
まみえるたびに洗い洗われ、またもや転《まろ》び失《う》すのだ
分散和音崩折れる遠からぬ不帰に、夢見た夢は
転調と破調、そして微かな旋律がうたう
楽奏の残闕は消え入る影を捉えて微睡み、眠りに落ちる。

# そして影

もはや取り返せない過去は
打ち捨てられた水甕が半ば埋もれる草叢に
色褪せた引き潮棚引いてゆく鈍色の秋
晩い秋にあって寂寞として峙つ
嘗て玲々と築かれた楼閣が放心の後姿に
鳴らされ鳴るべくして鳴った
打ち重ねられた鐘楼の音《ね》は
放たれてゆく必然の不帰に躊躇いもなく
一天の彼方へと呑まれ消え入る
朽ち落ち葉踏みしめ歩みゆく秋は
進退茫々明日は見えず

日ならず過渡の秋風となって運び去る
あらゆる自由と束縛、快楽《けらく》と苦悩、歓びと嘆息は
世界に抱かれた過去となる、影となる
すべての時は取り返しがつかない

またもめぐり来る時の窓辺には
大いなる皿に盛られた若い果実がある
早くも明日へ、未来へと熟してゆくだろう
散乱する朝焼けは瞠られた明日への燦爛
新しい扉は開かれる
つま先立って鮮やかに訪れて来る今朝の靴音
尽日、重ねられる躬行はいつもながら
過ぎ行く風はこともなげに老いても行くが
その永き訣れか時を知らず
果実がいま、熟れて耀く時
つま先立った時さえ忘れ去ってゆく

一瞬が剝奪された永遠の時間、影の時間

影となって
忘れ去られてゆくそれは
定家朝臣の夕暮れる秋の愁いとは違って
徒な世に古りて、移りゆき眺め遣る明日は
遙か前方から迫って来る存立の影。

# 蓮華

しずかなる朝
みひらかれたる
まぶたのうちに映える
あけそめる二十四のはなびら
自らのこころのいろをうち開く
極小の天球に萌えいずるしろいゆめ
無辺際の空虚《こうきょ》を蔵して
未生から胚胎へ繋ぎ急いで
陽はそそぎ、火は駈ける、そして水の輪廻
風さそい、呼吸《いき》づいて
日と月の貌を映して鮮やかな影を俟つ

ゆめみている僅かな緋の色と綿雪
整然としてゆるぎない完璧なる秩序
生の遙かな軌道に点綴し反映する
浮かび上がる僅かな緋の色と綿雪が
ゆめのように開かれて

開かれていくこころにつれて
いまもゆめみる　みているゆめは
ゆら、たまゆら、ゆらゆら
未敷《みふ》のままさやさやとしてさやけく
みひらかれたるそのまなざしは
ゆめのように論拠がなくて
たちゆかぬ願いのすじも
あしたに目覚めぬゆめのうちにも
添いいるように開かれて

なぎたる朝はしずかなる
みひらかれたるまなこあげれば
まなざしは奔りゆくものをとらえ
ふりかかる天球にみずみずしい朝露を掬ぶとき
はらむ蕾ぞ、
ゆめのいろした初声《うぶごえ》が迸る
わずかな緋の色と綿雪がかすかにゆるぎ
悠揚として生の軌道に繋がってゆく
気品に満たされた豊饒な目覚め、それは存分に美しく
抱きつづけて来たゆめのような真実ではないか。

# 夜降る雨に

射干玉の深い夜は
軒端に降る雨が
肩を打ち　背を打つ
降り懸かるその窓辺にも

身構えずとも
降り来たるものは拒まず
この窓辺に招き入れればいい
――果てもなく膨らみやまぬ時間は飢えて
寂寥の陋屋はいまだ野ざらすまま
破れ胸骨の隙間に風籟が軋み

意識は病んで落魄の枯野に籠もり入れば
痴れたる嗟嘆は古傷ばかりを嘲ける
すておけば痼疾ともなりそうで
撚り糸絡まって纏わる蔓草捩れる時は
やみがたい屈託選り分け解きほぐし
熾んに降る雨を濺ぎ入れ
すべてを流し去ればいい
そうして灼熱の天日にさらせばいい

急き立てられずとも
ゆくべきは　ゆくべき処へと
もう戻るはずのない時間
帰れない過去の空洞から
射し入らぬ陽の　さ迷える窓辺から
ゆくべき処へ　ゆかねばならぬ処へと
吹きさらす天の嵐の前に身を投げる

地に降らせた雨はいまもやまない
窓辺を濡らし　濡つ身の落魄に跪く時
黄昏は幾たびも廻り廻って重畳し
いまひとたびの暁を焦がれてやまぬ
待たずともやがて明け染める
窓辺に打ち続く夜の
鎮めるばかりに降る　雨のなかに。

## 久遠へ

森羅なる万象を鳥瞰し
未だ見ぬ銀河を尋ね
憶え得ぬ久遠へ

訥々と千古の思考を束ね
数知れぬ行為を聚め
総覧と闇路を綯い交ぜに思想となすが
有の縷々たるは可能の方途であるか
古拙の意志は微笑みを残して
不動の坂さえも渡り切ったその傍ら
為しゆかずとも悔恨はなお降りかかり

為しゆけばなお為し得《う》べきなりと
いつもさざめき起《た》っている天と地の間
さればこそ久遠へと貫いてゆく

時雨来る蘆の屋は仮庵にして
仮の世に連なる夢は雁が音の仮寝の空か
小雨に濡るる白川の朧に浮かぶ船影は
邯鄲の淡き夢見るここちして
朝まだき暁の草の褥に寝覚めても
枕頭の黄粱はいまだ炊ぐことはない
何事も既に去って然りながらなお暁を見ず
何程も為し得ぬままに未決の終決へ
黄金の時間が迫ってくる

久遠はいまだ遙か
たった一炊の暁は雲間に消え去りゆくが

夕なずむ天と地を薔薇色に染めて
蘆の屋は極彩に縁取られてゆく
久遠なる永劫の一毛を掠めて
恭しくも目眩めくこの一瞬
そしてこの耀きが掻き消える前に
暫くは然有らぬままに佇んで
久遠へと寄り添ってゆく光芒までは。

# あとがき

私にとっての文学は、絶えずとどまることのない不確かな生を、今一度樹立、可能ならしめる為の術であろうか。言葉によって明日を摑み得ようとするささやかな試みと言うべきもの。錯綜する生の何らかを、あらゆる思考や精神が抱え持つ内省と決断に迫る。彷徨える生が放つ思想と行為の獲得であり、時にまた断念と放棄でもある。その矛盾と相克を止揚する果てに明かされる、認識への弁証法とも成ろうか。遙かな小路を辿る手立てであり、我が言語の海へ漕ぎ出だす羅針である。生の、有の、詩への反映なのである。そしてもうひとつの大きな側面、漫ろ徒然にふと立ちどまった一瞬の戯れであるのかも知れない。

人はいつも様々な関わりと行為に、自らを投企してゆくのだが、人の世を掠めゆく光芒に逸る視座を傾けて、訥々と或る時は格闘を重ねる細々とした拙い小篇となった。
　刊行に対座する試みは、覚束なく先の見えない営みであったが、やっとの思いである。準備のさなか、高齢の母を亡くしたことはひとつの必然、生涯の悲しみであった。この小篇をせめても母に手向けたいと思う。初刊行に当たって、詩作を勧め、永きに温かい眼差しを注ぎ、なお牽きいれてくれた詩人の岡崎純氏にまず感謝いたしたい。詩人の金田久璋氏、また編集部の藤井一乃さん、刊行担当の遠藤みどりさんには、上梓に至る件の数々を煩わせました。有難う。

笹本淙太郎

二〇一四年盛夏

笹本淙太郎（ささもと・そうたろう）
一九四四年、福井県敦賀市相生町（晴明）に生まれる。
本名　岸本勝利（きしもと・かつとし）。
現住所　〒九一四―〇八〇二　福井県敦賀市呉竹町一―三三―六　岸本方

有《う》の光芒《こうぼう》

著者
笹本淙太郎《ささもとそうたろう》
発行者
小田久郎
発行所
株式会社思潮社
〒一六二―〇八四二　東京都新宿区市谷砂土原町三―十五
電話〇三（三二六七）八一五三（営業）・八一四一（編集）
FAX〇三（三二六七）八一四二
印刷所
三報社印刷株式会社
製本所
小高製本工業株式会社
発行日
二〇一四年八月三十一日